# 향수



이음문고

# 목차

## I



## Ⅱ

## Ⅲ

# I

# 비로봉

백화 수풀 앙당한 속에
계절이 쪼그리고 있다.

이곳은 육체 없는 요적한 향연장
이마에 시며드는 향료로운 자양!

해발 오천 피이트 권운층 우에
그싯는 성냥불!

동해는 푸른 삽화처럼 옴직 않고
누뤼 알*이 참벌처럼 옴겨간다.

연정은 그림자마자 벗쟈
산드랗게 얼어라! 귀뜨람이처럼.

* 우박 알.

# 바다 1

고래가 이제 횡단한 뒤
해협이 천막처럼 퍼덕이오.

……흰 물결 피여오르는 아래로 바독돌 자꼬자꼬
나려가고,

은방울 날리듯 떠오르는 바다종달새……

한나잘 노려보오 훔켜잡어 고 빨간 살* 빼스랴고.

※

미역 닢새 향기한 바위틈에
진달레꽃빛 조개가 햇살 쪼이고,
청제비 제 날개에 미끄러저 도—네

* 조개나 물고기의 속살을 의미.

유리판 같은 하늘에.
바다는—속속드리 보이오.
청댓닢처럼 푸른
바다
봄

※

꽃봉오리 줄등 켜듯한
조그만 산으로—하고 있을까요.

솔나무 대나무
다옥한 수풀로—하고 있을까요.

노랑 검정 알롱달롱한
블랑키트 두르고 쪼그린 호랑이로—하고 있을까요.

당신은 '이러한 풍경'을 데불고

흰 연기 같은

바다

멀리멀리 항해합쇼.

# 바다 2

바다는 뿔뿔이
달아날라고 했다.

푸른 도마뱀 떼같이
재재발렀다.

꼬리가 이루
잡히지 않었다.

흰 발톱에 찢긴
산호보다 붉고 슬픈 생채기!

가까스루 몰아다 부치고
변죽을 둘러 손질하여 물기를 시쳤다.

이 앨쓴 해도에
손을 씻고 떼었다.

찰찰 넘치도록
돌돌 굴르도록

회동그란히 바쳐 들었다!
지구는 연닢인 양 옴으라들고…… 펴고……

# 홍역

석탄 속에서 피여 나오는
태고연히 아름다운 불을 둘러
십이월 밤이 고요히 물러앉다.

유리도 빛나지 않고
창장도 깊이 나리운 대로—
문에 열쇠가 끼인 대로—

눈보라는 꿀벌 떼처럼
닝닝거리고 설레는데,
어느 마을에서는 홍역이 척촉*처럼 난만하다.

* 철쭉.

# 비극

'비극'의 흰 얼골을 뵈인 적이 있느냐?
그 손님의 얼골은 실로 미하니라.
검은 옷에 가리워 오는 이 고귀한 심방에 사람들은 부질없이 당황한다.
실상 그가 남기고 간 자최가 얼마나 향그럽기에
오랜 후일에야 평화와 슬픔과 사랑의 선물을 두고 간 줄을 알었다.
그의 발 옮김이 또한 표범의 뒤를 따르듯 조심스럽기에
가리어 듣는 귀가 오직 그의 노크를 안다.
묵이 말러 시가 써지지 아니하는 이 밤에도
나는 맞이할 예비가 있다.
일즉이 나의 딸 하나와 아들 하나를 드린 일이 있기에
혹은 이 밤에 그가 예의를 가추지 않고 오량이면
문밖에서 가벼히 사양하겠다!

# 시계를 죽임

한밤에 벽시계는 불길한 탁목조!
나의 뇌수를 미신 바늘*처럼 쫏다.

일어나 쫑알거리는 '시간'을 비틀어 죽이다.
잔인한 손아귀에 감기는 간열핀 목아지여!

오늘은 열 시간 일하였노라.
피로한 이지는 그대로 치차를 돌리다.

나의 생활은 일절 분노를 잊었노라.
유리 안에 설레는 검은 곰인 양 하품하다.

꿈과 같은 이야기는 꿈에도 아니 하란다.
필요하다면 눈물도 제조할 뿐!

* 재봉틀 바늘. 재봉틀을 영어 machin의 음을 따서 미신이라고 불렀다.

어쨌던 정각에 꼭 수면하는 것이
고상한 무표정이오 한 취미로 하노라!

명일! (일자가 아니어도 좋은 영원한 혼례!)
소리 없이 옴겨가는 나의 백금 체펠린**의 유유한
야간 항로여!

** 백금으로 만든 비행선.

# 아츰

프로펠러 소리…………
선연한 커—브를 돌아 나갔다.

쾌청! 짙푸른 육월 도시는 한 층계 더 자랐다.

나는 어깨를 골르다.
하픔…… 목을 뽑다.
붉은 숳닭* 모양 하고
피여오르는 분수를 물었다…… 뿜었다……
햇살이 함빡 백공작의 꼬리를 폈다.

수련이 화판을 폈다.

* 수탉.

옴으라쳤던 잎새. 잎새. 잎새.

방울방울 수은을 바쳤다.

아아 유방처럼 솟아오른 수면!

바람이 굴고 게우**가 미끄러지고 하늘이 돈다.

좋은 아츰—

나는 탐하듯이 호흡하다.

때는 구김살 없는 흰 돛을 달다.

** 거위.

# 난초

난초 닢은
차라리 수묵색.

난초 닢에
엷은 안개와 꿈이 오다.

난초 닢은
한밤에 여는 담은 입술이 있다.

난초 닢은
별빛에 눈떴다 돌아눕다.

난초 닢은
드러난 팔구비를 어짜지 못한다.

난초 닢에
적은 바람이 오다.

난초 닢은
칩다.

# 유리창 1

유리에 차고 슬픈 것이 어린거린다.
열없이 붙어 서서 입김을 흐리우니
길들은 양 언 날개를 파다거린다.
지우고 보고 지우고 보아도
새까만 밤이 밀려 나가고 밀려와 부디치고,
물먹은 별이, 반짝, 보석처럼 백힌다.
밤에 홀로 유리를 닥는 것은
외로운 황홀한 심사이어니,
고흔 폐혈관이 찢어진 채로
아아, 늬는 산새처럼 날러갔구나!

# 유리창 2

내어다 보니
아조 캄캄한 밤,
어험스런 뜰 앞 잣나무가 자꼬 커 올라간다.
돌아서서 자리로 갔다.
나는 목이 마르다.
또, 가까히 가
유리를 입으로 쫏다.
아아, 항 안에 든 금붕어처럼 갑갑하다.
별도 없다, 물도 없다, 쉬파람 부는 밤.
소증기선처럼 흔들리는 창.
투명한 보랏빛 누뤼 알아,
이 알몸을 끄집어내라, 때려라, 부릇내라.
나는 열이 오른다.
뺌은 차라리 연정스레히
유리에 부빈다, 차디찬 입마춤을 마신다.
쓰라리, 알연히, 그싯는 음향—
머언 꽃!
도회에는 고흔 화재가 오른다.

# 바람

바람 속에 장미가 숨고
바람 속에 불이 깃들다.

바람에 별과 바다가 씻기우고
푸른 묏부리와 나래가 솟다.

바람은 음악의 호수.
바람은 좋은 알리움*!

오롯한 사랑과 진리가 바람에 옥좌를 고이고
커다란 하나와 영원이 펴고 날다.

* 알림.

# 촉불과 손

고요히 그싯는 손씨로
방 안 하나 차는 불빛!

별안간 꽃다발에 안긴 듯이
올뺌이처럼 일어나 큰 눈을 뜨다.

※

그대의 붉은 손이
바위틈에 물을 따오다,
산양의 젓을 옮기다,
간소한 채소를 기르다,
오묘한 가지에
장미가 피듯이
그대 손에 초밤불*이 낳도다.

* 처음으로 밤을 밝히는 불.

# 해협

포탄으로 뚫은 듯 동그란 선창으로
눈섶까지 부풀어 오른 수평이 엿보고,

하늘이 함폭 나려앉어
큰악한 암닭처럼 품고 있다.

투명한 어족이 행렬하는 위치에
홋하게 차지한 나의 자리여!

망토 깃에 솟은 귀는 소라 속같이
소란한 무인도의 각적*을 불고—

해협 오전 이시의 고독은 오롯한 원광을 쓰다.
설어울 리 없는 눈물을 소녀처럼 짓쟈.

* 뿔피리.

나의 청춘은 나의 조국!
다음 날 항구의 개인 날세여!

항해는 정히 연애처럼 비등하고
이제 어드메쯤 한밤의 태양이 피여오른다.

# 다시 해협

정오 가까운 해협은
백묵 흔적이 적력한 원주!

마스트 끝에 붉은 기가 하늘보다 곱다.
감람 포기포기 솟아오르듯 무성한 물이랑이어!

반마*같이 해구**같이 어여쁜 섬들이 달려오건만
일일히 만저주지 않고 지나가다.

해협이 물거울 쓰러지듯 휘뚝하였다.
해협은 업지러지지 않었다.

지구 우로 기어가는 것이
이다지도 호수운 것이냐!

* 얼룩말.
** 물개.

외진 곳 지날 제 기적은 무서워서 운다.
당나귀처럼 처량하구나.

해협의 칠월 햇살은
달빛보담 시원타.

화통 옆 사닥다리에 나란히
제주도 사투리 하는 이와 아주 친했다.

수물한 살 적 첫 항로에
연애보담 담배를 먼저 배웠다.

# 귀로

포도로 나리는 밤안개에
어깨가 저윽이 무거웁다.

이마에 촉하는 쌍그란 계절의 입술
거리에 등불이 함폭! 눈물겹구나.

제비도 가고 장미도 숨고
마음은 안으로 상장을 차다.

걸음은 절로 드딜 데 드디는 삼십 적 분별
영탄도 아닌 불길한 그림자가 길게 누이다.

밤이면 으레 홀로 돌아오는
붉은 술도 부르지 않는 적막한 습관이여!

# 지도

지리 교실 전용 지도는
다시 돌아와 보는 미려한 칠월의 정원.
천도열도 부근 가장 짙푸른 곳은 진실한 바다보다
깊다.
한가운데 검푸른 점으로 뛰여들기가 얼마나 황홀한
해학이냐!
의자 우에서 따이빙 자세를 취할 수 있는 순간,
교원실의 칠월은 진실한 바다보담 적막하다.

# Ⅱ

# 오월 소식

오동나무 꽃으로 불 밝힌 이곳 첫여름이 그립지 아니한가?
어린 나그내 꿈이 시시로 파랑새가 되여오려니.
나무 밑으로 가나 책상 턱에 이마를 고일 때나,
네가 남기고 간 기억만이 소근소근거리는구나.

모초롬 만에 날러온 소식에 반가운 마음이 울렁거리여
가여운 글자마다 먼 황해가 남설거리나니.

……나는 갈메기 같은 종선을 한창 치달리고 있다……

쾌활한 오월 넥타이가 내처 난데없는 순풍이 되여,
하늘과 딱 닿은 푸른 물결 우에 솟은,
외따른 섬 로만틱를 찾어갈가나.

일본말과 아라비아 글씨를 아르키러 간
쬐그만 이 페스탈로치야, 꾀꼬리 같은 선생님이야,
날마다 밤마다 섬 둘레가 근심스런 풍랑에 씹히는가
하노니,
은은히 밀려오는 듯 머얼리 우는 오르간 소리…………

# 발열

처마 끝에 서린 연기 따러
포도 순이 기여 나가는 밤, 소리 없이,
가믈음 땅에 시며든 더운 김이
등에 서리나니, 훈훈히,
아아, 이 애 몸이 또 달어오르노나.
가쁜 숨결을 드내 쉬노니, 박나비처럼,
가녀린 머리, 주사 찍은 자리에, 입술을 붙이고
나는 중얼거리다, 나는 중얼거리다,
부끄러운 줄도 모르는 다신교도와도 같이.
아아, 이 애가 애자지게* 보채노나!
불도 약도 달도 없는 밤,
아득한 하늘에는
별들이 참벌 날으듯 하여라.

* '애절하게'와 '자지러지게'의 뜻이 복합된 말.

# 이른 봄 아침

귀에 설은 새소리가 새여 들어와
참한 은시계로 자근자근 얻어 맞은 듯,
마음이 이 일 저 일 보살필 일로 갈려저,
수은 방울처럼 동글동글 나동그라저,
춥기는 하고 진정 일어나기 싫어라.

※

쥐나 한 마리 훔켜잡을 듯이
미다지를 살포-시 열고 보노니
사루마다 바람으론 오호! 치워라.

마른 새삼 넝쿨 새이새이로
빠알간 산새 새끼가 물레 북 드나들 듯.

※

새 새끼 와도 언어 수작을 능히 할가 싶어라.
날카롭고도 보드라운 마음씨가 파다거리여.
새 새끼와 내가 하는 에스페란토는 회파람이라.
새 새끼야, 한종일 날어가지 말고 울어나 다오,
오늘 아침에는 나이 어린 코끼리처럼 외로워라.

※

산봉오리—저쪽으로 돌린 푸로우피일—
페랑이꽃빛으로 볼그레하다,
씩씩 뽑아 올라간, 밋밋하게
깎어 세운 대리석 기둥인 듯,
간뎅이 같은 해가 익을거리는
아침 하늘을 일심으로 떠바치고 섰다,

봄바람이 허리띠처럼 휘이 감돌아서서
사알랑사알랑 날러오노니,
새 새끼도 포르르포르르 불려왔구나.

# 압천

압천 십 리 벌에
해는 저물어…… 저물어……

날이 날마다 님 보내기
목이 자졌다…… 여울 물소리……

찬 모래알 쥐여짜는 찬 사람의 마음,
쥐여 짜라. 바시여라. 시언치도 않어라.

역구풀 욱어진 보금자리
뜸북이 홀어멈 울음 울고,

제비 한 쌍 떴다,
비마지 춤을 추어.

수박 냄새 품어오는 저녁 물바람.
오랑쥬 껍질 씹는 젊은 나그네의 시름.

압천 십 리 벌에
해가 저물어…… 저물어……

# 석류

장미꽃처럼 곱게 피여 가는 화로에 숫불,
입춘 때 밤은 마른풀 사르는 냄새가 난다.

한겨울 지난 석류 열매를 쪼기여
홍보석 같은 알을 한 알 두 알 맛보노니,

투명한 옛 생각, 새론 시름의 무지개여,
금붕어처럼 어린 녀릿녀릿한 느낌이여.

이 열매는 지난해 시월 상달*, 우리 둘의
조그마한 이야기가 비롯될 때 익은 것이어니.

자근 아씨야, 가녀린 동무야, 남몰래 깃들인
네 가슴에 조름 조는 옥토끼가 한 쌍.

* 햇곡식을 신에게 드리기에 가장 좋은 달이라는 뜻으로 '시월'을 예스럽게 이르는 말.

옛 못 속에 헤염치는 흰 고기의 손가락, 손가락,
외롭게 가볍게 스스로 떠는 은실, 은실,

아아 석류알을 알알히 비추어 보며
신라 천년의 푸른 하늘을 꿈꾸노니.

# 향수

넓은 벌 동쪽 끝으로
옛이야기 지줄대는 실개천이 회돌아 나가고,
얼룩백이 황소가
해설피* 금빛 게으른 울음을 우는 곳,

—그곳이 참하 꿈엔들 잊힐 리야.

질화로에 재가 식어지면
뷔인 밭에 밤바람 소리 말을 달리고,
엷은 조름에 겨운 늙으신 아버지가
짚벼개를 돋아 고이시는 곳,

—그곳이 참하 꿈엔들 잊힐 리야.

* '해가 설핏하다'에서 온 말. '설핏하다'는 해가 져서 밝은 기운이 약하다는 뜻으로 '해설피'는 '약간 어둡고 낮은 음색으로'라는 뜻.

흙에서 자란 내 마음
파아란 하늘빛이 그립어
함부로 쏜 활살을 찾으려
풀섶 이슬에 함추름 휘적시든 곳,

—그곳이 참하 꿈엔들 잊힐 리야.

전설 바다에 춤추는 밤물결 같은
검은 귀밑머리 날리는 어린 누의와
아무러치도 않고 여쁠 것도 없는
사철 발 벗은 안해가
따가운 햇살을 등에 지고 이삭 줏던 곳,

—그곳이 참하 꿈엔들 잊힐 리야.

하늘에는 석근 별
알 수도 없는 모래성으로 발을 옮기고,
서리까마귀 우지짖고 지나가는 초라한 집웅,
흐릿한 불빛에 돌아앉어 도란도란거리는 곳,

—그곳이 참하 꿈엔들 잊힐 리야.

# 조약돌

조약돌 도글도글……
그는 나의 혼의 조각이러뇨.

알는 피에로의 설음과
첫길에 고달픈
청제비의 푸념 겨운 지줄댐과,
꾀집어 아즉 붉어 오르는
피에 맺혀,
비 날리는 이국 거리를
탄식하며 헤매노나.

조약돌 도글도글……
그는 나의 혼의 조각이러뇨.

# 갑판 우

나지익 한 하늘은 백금 빛으로 빛나고
물결은 유리판처럼 부서지며 끓어오른다.
동글동글 굴러오는 짠바람에 뺨마다 고흔 피가 고이고
배는 화려한 김승처럼 짓으며 달려 나간다.
문득 앞을 가리는 검은 해적 같은 외딴섬이
흩어저 날으는 갈메기 떼 날개 뒤로 문짓문짓* 물러나가고,
어디로 돌아다보든지 하이한 큰 팔구비에 안기여
지구 덩이가 동그랐타는 것이 길겁구나**.
넥타이는 시언스럽게 날리고 서로 기대슨 어깨에
육월 볕이 시며들고
한없이 나가는 눈길은 수평선 저쪽까지 기폭처럼 퍼덕인다.

* 뭉깃뭉깃, 뭉긋뭉긋, 제자리에 앉은 채로 나아가듯 비비대는 모습.
** 즐겁구나.

※

바다바람이 그대 머리에 아른대는구료,
그대 머리는 슬픈 듯 하늘거리고.

바다바람이 그대 치마폭에 니치대는구료,
그대 치마는 부끄러운 듯 나붓기고.

그대는 바람 보고 꾸짖는구료.

※

별안간 뛰여들삼어도 설마 죽을라구요
빠나나 껍질로 바다를 놀려 대노니,

젊은 마음 꼬이는 구비도는 물구비
두리 함끠 굽어보며 가비얍게 웃노니.

# 태극선

이 아이는 고무뽈을 따러
흰 산양이 서로 부르는 푸른 잔디 우로 달리는지도
모른다.

이 아이는 범나비 뒤를 그리여
소소라치게 위태한 절벽 갓을 내닷는지도 모른다.

이 아이는 내처 날개가 돋혀
꽃잠자리 제자를 슨 하늘로 도는지도 모른다.

(이 아이가 내 무릎 우에 누은 것이 아니라)

새와 꽃, 인형 납병정 기관차들을 거나리고
모래밭과 바다, 달과 별 사이로
다리 긴 왕자처럼 다니는 것이려니,

(나도 일즉이, 점두록 흐르는 강가에
이 아이를 뜻도 아니한 시름에 겨워
풀피리만 찢은 일이 있다)

이 아이의 비단결 숨소리를 보라.
이 아이의 씩씩하고도 보드라운 모습을 보라.
이 아이 입술에 깃드린 박꽃 웃음을 보라.

(나는, 쌀, 돈 셈, 집웅 샐 것이 문득 마음 키인다)

반딧불 하릿하게 날고
지렁이 기름불만치 우는 밤,
모와드는 훗훗한 바람에
슬프지도 않은 태극선 자루가 나붓기다.

# 카페 프란스

옮겨다 심은 종려나무 밑에
빗두루 슨 장명등*,
카페 프란스에 가쟈.

이놈은 루바쉬카
또 한 놈은 보헤미안 넥타이
뺏적 마른 놈이 압장을 섰다.

밤비는 뱀눈처럼 가는데
페이브멘트에 흐늙이는 불빛
카페 프란스에 가쟈.

이놈의 머리는 빗 두른 능금
또 한 놈의 심장은 벌레 먹은 장미
제비처럼 젖은 놈이 뛰여간다.

* 문밖이나 처마 끝에 달아두고 밤이 되면 켜는 유리등이 비스듬하게 서 있는 모양.

※

「오오 패롵(앵무) 서방! 꾿 이브닝!」

「꾿 이브닝!**」(이 친구 어떠하시오?)

울금향 아가씨는 이 밤에도
경사 커—틴 밑에서 조시는구료!

나는 자작의 아들도 아모것도 아니란다.
남달리 손이 희여서 슬프구나!

나는 나라도 집도 없단다
대리석 테이블에 닷는 내 뺌이 슬프구나!

** 고딕체로 인쇄된 이 부분은 앵무새의 따라 하는 소리를 나타낸 것이다.

오오, 이국종 강아지야
내 발을 빨어다오.
내 발을 빨어다오.

# 피리

자네는 인어를 잡아
아씨를 삼을 수 있나?

달이 이리 창백한 밤엔
따뜻한 바다속에 여행도 하려니.

자네는 유리 같은 유령이 되여
뼈만 앙사하게 보일 수 있나?

달이 이리 창백한 밤엔
풍선을 잡어타고
화분 날리는 하늘로 둥둥 떠오르기도 하려니.

아모도 없는 나무 그늘 속에서
피리와 단둘이 이야기하노니.

# 슬픈 인상화

수박 냄새 품어 오는
첫 녀름의 저녁 때…………

먼 해안 쪽
길 옆 나무에 느러슨
전등. 전등.
헤염처 나온 듯이 깜박어리고 빛나노나.

침울하게 울려오는
축항의 기적 소리…… 기적 소리……
이국정조로 펴덕이는
세관의 깃발. 깃발.

세멘트 깐 인도 측으로 사폿사폿 옴기는
하이한 양장의 점경!

그는 흘러가는 실심한 풍경이여니……
부즐없이 오랑쥬 껍질 씹는 시름……

아아, 애시리 • 황!
그대는 상해로 가는구료…………

# 따알리아

가을볕 째앵하게
내려쪼이는 잔디밭.

함빡 피여난 따알리아.
한낮에 함빡 핀 따알리아.

시약시야, 네 살빛도
익을 대로 익었구나.

젖가슴과 붓그럼성이
익을 대로 익었구나.

시약시야, 순하디순하여다오.
암사심처럼 뛰여다녀 보아라.

물오리 떠돌아다니는
흰 못물 같은 하늘 밑에,

함빡 피여 나온 따알리아.
피다 못해 터져 나오는 따알리아.

# 홍춘

춘나무 꽃 피 뱉은 듯 붉게 타고
더딘 봄날 반은 기울어
물방아 시름없이 돌아간다.

어린아이들 제 춤에 뜻 없는 노래를 부르고
솜병아리 양지 쪽에 모이를 가리고 있다.

아지랑이 조름 조는 마을 길에 고달펴
아름아름 알어질 일도 몰라서
여윈 볼만 만지고 돌아오노니.

# 저녁 햇살

불 피여으르듯 하는 술
한숨에 키여도 아아 배곺아라.

수저븐 듯 노힌 유리컾
바작바작 씹는대도 배곺으리.

네 눈은 고만스런 흑단초.
네 입술은 서운한 가을철 수박 한 점.

빨어도 빨어도 배곺으리.

슬집 창문에 붉은 저녁 햇살
연연하게 탄다, 아아 배곺아라.

# 뻣나무 열매

웃입술에 그 뻣나무 열매가 다 나섰니?
그래 그 뻣나무 열매가 지운 듯 스러졌니?
그끄제 밤에 늬가 참버리처럼 닝닝거리고 간 뒤로—
불빛은 송홧가루 삐운 듯 무리를 둘러쓰고
문풍지에 아름푸시 어름 풀린 먼 여울이 떠는구나.
바람세는 연 사흘 두고 유달리도 밋그러워
한창때 삭신이 덧나기도 쉬웁단다.
외로운 섬 강화도로 떠날 림시*해서—
웃입술에 그 뻣나무 열매가 안 나서서 쓰겠니?
그래 그 뻣나무 열매를 그대로 달고 가랴니?

* 임시(臨時). 때가 됨.

# 엽서에 쓴 글

나비가 한 마리 날러 들어온 양하고
이 종잇장에 불빛을 돌려 대보시압.
제대로 한동안 파다거리오리다.
—대수롭지도 않은 산목숨과도 같이.
그러나 당신의 열적은* 오라범 하나가
먼 데 갓가운 데 가운데 불을 헤이며 헤이며
찬비에 함추름 휘적시고 왔오.
—스럽지도 안은 이야기와도 같이.
누나, 검은 이 밤이 다 희도록
참한 뮤—쓰처럼 쥬므시압.
해구 이천 피이트 산봉오리 우에서
이제 바람이 나려옵니다.

* '열없다'와 같은 말. 어색하고 멋적은.

# 선취

배 난간에 기대서서 희파람을 날리나니
새까만 등솔기에 팔월달 햇살이 따가워라.

금단초 다섯 개 달은 자랑스러움, 내처 시달품.
아리랑쪼라도 찾어볼가, 그 전날 불으던,

아리랑쪼 그도 저도 다 닞었읍네, 인제는 버얼서,
금단초 다섯 개를 삐우고 가쟈, 파아란 바다 우에.

담배도 못 피우는, 숳닭 같은 머언 사랑을
홀로 피우며 가노니, 늬긋늬긋 흔들흔들리면서.

# 봄

외까마귀 울며 나른 알로
허울한 돌기둥 넷이 스고,
이끼 흔적 푸르른데
황혼이 붉게 물들다.

거북등 솟아오른 다리
길기도 한 다리,
바람이 수면에 옴기니
휘이 비껴 쓸리다.

# 슬픈 기차

우리들의 기차는 아지랑이 남실거리는 섬나라 봄날
왼 하로를 익살스런 마드로스 파이프로 피우며 간
단 다.
우리들의 기차는 느으릿 느으릿 유월 소 걸어가듯
걸어간 단 다.

우리들의 기차는 노오란 배추꽃 비탈밭 새로
헐레벌떡어리며 지나간 단 다.

나는 언제든지 슬프기는 슬프나마 마음만은 가벼워
나는 차창에 기댄 대로 희파람이나 날리쟈.

먼 데 산이 군마처럼 뛰여오고 가까운 데 수풀이 바
람처럼 불려 가고
유리판을 펼친 듯, 뢰호내해* 퍼언한 물 물. 물. 물.

* 일본 혼슈의 서부 지역과 규슈, 시코쿠에 둘러싸인 내해.

손까락을 담그면 포도빛이 들으렸다.
입술에 적시면 탄산수처럼 끓으렸다.
복스런 돛폭에 바람을 안고 뭇 배가 팽이처럼 밀려가다 간,
나비가 되여 날러간다.

나는 차창에 기댄 대로 옥토끼처럼 고마운 잠이나 들쟈.
청만틀** 깃 자락에 마담 • R의 고달픈 뺨이 붉으레 피였다. 고은 석탄불처럼 이글거린다.
당치도 않은 어린아이 잠재기 노래를 부르심은 무슨 뜻이뇨?

잠들어라.
가여운 내 아들아.
잠들어라.

** 푸른빛 외투.

나는 아들이 아닌 것을, 웃수염 자리잡혀 가는, 어린 아들이 버얼서 아닌 것을.
나는 유리 쪽에 가깝한 입김을 비추어 내가 제일 좋아하는 이름이나 그시며 가쟈.
나는 늬긋늬긋한 가슴을 밀감 쪽으로나 씻어나리쟈.

대수풀 울타리마다 요염한 관능과 같은 홍춘이 피맺혀 있다.
마당마다 솜병아리 털이 폭신폭신하고,
집웅마다 연기도 아니 뵈는 햇볕이 타고 있다.
오오, 개인 날세야, 사랑과 같은 어질머리야, 어질머리야.

청만틀 깃 자락에 마담•R의 가여운 입술이 여태껏 떨고 있다.
누나다운 입술을 오늘이야 싫것 절하며 갑노라.

나는 언제든지 슬프기는 슬프나마,

오오, 나는 차보다 더 날러가랴지는 아니 하랸다.

# 황마차

이제 마악 돌아 나가는 곳은 시계 집 모통이, 낮에는 처마 끝에 달어맨 종달새란 놈이 도회 바람에 나이를 먹어 조금 연기 끼인 듯한 소리로 사람 흘러 나려가는 쪽으로 그저 지줄지줄거립데다.

그 고달픈 듯이 깜박깜박 졸고 있는 모양이—가여운 잠의 한 점이랄지요—부칠 데 없는 내 맘에 떠오릅니다. 쓰다듬어 주고 싶은, 쓰다듬을 받고 싶은 마음이올시다. 가엾은 내 그림자는 검은 상복처럼 지향없이 흘러 나려갑니다. 축축이 젖은 리본 떨어진 낭만풍의 모자 밑에는 금붕어의 분류와 같은 밤 경치가 흘러 나려갑니다. 길옆에 늘어슨 어린 은행나무들은 이국 척후병의 걸음제로 조용 조용히 흘러 나려갑니다.

슬는 은 안경이 흐릿하게

밤비는 옆으로 무지개를 그린다.

이따금 지나가는 늦인 전차가 끼이익 돌아 나가는 소리에 내 조고만 혼이 놀란 듯이 파다거리나이다. 가고 싶어 따듯한 화로갛를 찾어가고 싶어. 좋아하는 코—란경을 읽으면서 남경콩이나 까먹고 싶어. 그러나 나는 찾어 돌아갈 데가 있을나구요?

네거리 모통이에 씩씩 뽑아 올라간 붉은 벽돌집 탑에서는 거만스런 XII시가 피뢰침에게 위엄 있는 손까락을 치여들었소. 이제야 내 목아지가 쭐삣 떨어질 듯도 하구료. 솔닢새 같은 모양새를 하고 걸어가는 나를 높다란 데서 굽어보는 것은 아주 재미있을 게지요 마음 놓고 술술 소변이라도 볼까요. 헬멧 쓴 야경순사가 피일림처럼 쫓아오겠지요!

네거리 모퉁이 붉은 담벼락이 흠씩 젖었오. 슬픈 도회의 뺨이 젖었소. 마음은 열없이 사랑의 낙서를 하고 있소. 홀로 글성글성 눈물짓고 있는 것은 가엾은 소—니야의 신세를 비추는 빨간 전등의 눈알이외다. 우리들의 그전날 밤은 이다지도 슬픈지요. 이다지도 외로운지요. 그러면 여기서 두 손을 가슴에 념이고 당신을 기다리고 있으릿가?

길이 아조 질어 터져서 뱀 눈알 같은 것이 반쟉반쟉 어리고 있오. 구두가 어찌나 크던동 거러가면서 졸님이 오십니다. 진흙에 챡 붙어버릴 듯하오. 철없이 그리워 동그스레한 당신의 어깨가 그리워. 거기에 내 머리를 대이면 언제든지 머언 따듯한 바다 울음이 들려오더니…………

……아아, 아모리 기다려도 못 오실 니를……

기다려도 못 오실 니 때문에 졸리운 마음은 황마차를 부르노니, 회파람처럼 불려오는 황마차를 부르노니, 은으로 만들은 슬픔을 실은 원앙새털 깔은 황마차, 꼬옥 당신처럼 참한 황마차, 찰 찰찰 황마차를 기다리노니.

# 새빨간 기관차

느으릿 느으릿 한눈파는 겨를에
사랑이 수히 알어질가도 싶구나.
어린아이야, 달려가쟈.
두 뺨에 피여오른 어여쁜 불이
일즉 꺼저 버리면 어찌 하쟈니?
줄다름질처 가쟈.
바람은 휘잉. 휘잉.
만틀 자락에 몸이 떠오를 듯.
눈보라는 풀. 풀.
붕어 새끼 꾀여내는 모이 같다.
어린아이야, 아무것도 모르는
새빨간 기관차처럼 달려가쟈!

# 밤

눈 머금은 구름 새로
흰 달이 흐르고,

처마에 서린 탱자나무가 흐르고,

외로운 촉불이, 물새의 보금자리가 흐르고……

표범 껍질에 호젓하이 쌓이여
나는 이 밤, '적막한 홍수'를 누어 건늬다.

# 호수 1

얼굴 하나 야
손바닥 둘 로
폭 가리지 만,

보고 싶은 마음
호수 만 하니
눈 감을 밖에.

# 호수 2

오리 목아지는
호수를 감는다.

오리 목아지는
자꼬 간지러워.

# 호면

손바닥을 울리는 소리
곱드랗게 건너간다.

그 뒤로 흰 게우가 미끄러진다.

# 겨울

빗방울 나리다 누워 알로 구을러
한밤중 잉크빛 바다를 건늬다.

# 달

선뜻! 뜨인 눈에 하나 차는 영창
달이 이제 밀물처럼 밀려오다.

미욱한 잠과 벼개를 벗어나
부르는 이 없이 불려 나가다.

※

한밤에 홀로 보는 나의 마당은
호수같이 둥그시 차고 넘치노나.

쪼그리고 앉은 한옆에 흰 돌도
이마가 유달리 함초롬 곻아라.

연연턴* 녹음, 수묵색으로 짙은데
한창때 곤한 잠인 양 숨소리 설키도다.

비듥이는 무엇이 궁거워 구구 우느뇨,
오동나무 꽃이야 못 견디게 향그럽다.

* 연연하다. 빛이 엷고 곱다.

# 절정

석벽에는
주사가 찍혀 있오.
이슬 같은 물이 흐르오.
나래 붉은 새가
위태한 데 앉어 따먹으오
산포도 순이 지나갔오.
향그런 꽃뱀이
고원 꿈에 옴치고 있오.
거대한 죽엄 같은 장엄한 이마,
기후조*가 첫 번 돌아오는 곳,
상현달이 살어지는 곳,
쌍무지개 다리 드디는 곳,
아래서 볼 때 오리옹성좌와 키가 나란하오.
나는 이제 상상봉에 섰오.
별만 한 흰 꽃이 하늘대오.

* 철새.

밈들레 같은 두 다리 간조롱해지오**.
해 솟아오르는 동해—
바람에 향하는 먼 기폭처럼
뺨에 나붓기오.

** 민들레 같은 두 다리 가지런해지오.

# 풍랑몽 1

당신께서 오신다니
당신은 어찌나 오시랴십니가.

끝없는 우름 바다를 안으올 때
포도빛 밤이 밀려오듯이,
그 모양으로 오시랴십니가.

당신께서 오신다니
당신은 어찌나 오시랴십니가.

물 건너 외딴 섬, 은회색 거인이
바람 사나운 날, 덮쳐 오듯이,
그 모양으로 오시랴십니가.

당신께서 오신다니
당신은 어찌나 오시랴십니가.

창밖에는 참새 떼 눈초리 무거웁고
창안에는 시름겨워 턱을 고일 때,
은고리 같은 새벽달
붓그럼성스런 낯가림을 벗듯이,
그 모양으로 오시랴십니가.

외로운 조름, 풍랑에 어리울 때
앞 포구에는 궂은비 자욱히 들리고
행선 배 북이 웁니다, 북이 웁니다.

# 풍랑몽 2

바람은 이렇게 몹시도 부옵는데
저 달 영원의 등화!
꺼질 법도 아니 하옵거니,
엇저녁 풍랑 우에 님 실려 보내고
아닌 밤중 무서운 꿈에 소스라처 깨웁니다.

# 말 1

청대나무 뿌리를 우여어차! 잡어 뽑다가 궁둥이를 찌였네.
짠 조수 물에 흠빽 불리워 휙휙 내둘으니 보랏빛으로 피여오른 하늘이 만만하게 비여진다.
채축에서 바다가 운다.
바다 우에 갈메기가 흩어진다.

오동나무 그늘에서 그리운 양 졸리운 양 한 내 형제 말님을 잦어 갔지.
「형제여, 좋은 아침이오.」
말님 눈동자에 엇저녁 초사흘 달이 하릿하게 돌아간다.
「형제여 뺨을 돌려대소. 왕왕.」

말님의 하이한 이빨에 바다가 시리다.

푸른 물들 뜻한 어덕에 햇살이 자개처럼 반쟈거린다.
「형제여, 날세가 이리 휘양창 개인 날은 사랑이 부질
없오라.」

바다가 치마폭 잔주름을 잡어 온다.
「형제여, 내가 부끄러운 데를 싸매였으니
그대는 코를 불으라.」

구름이 대리석 빛으로 퍼져 나간다.
채축이 번뜻 배암을 그린다.
「오호! 호! 호! 호! 호! 호! 호!」

말님의 앞발이 뒷발이오 뒷발이 앞발이라.
바다가 네 귀로 돈다.
쉿! 쉿! 쉿!
말님의 발이 여덜이오 열여섯이라.

바다가 이리 떼처럼 짓으며 온다.
쉿! 쉿! 쉿!
어깨 우로 넘어닷는 마파람이 휘파람을 불고
물에서 뭍에서 팔월이 퍼덕인다.

「형제여, 오오, 이 꼬리 긴 영웅이야!
날세가 이리 휘양창 개인 날은 곱슬머리가 자랑스럽소라!」

# 말 2

까치가 앞서 날고,
말이 따러가고,
바람 소올 소올, 물소리 쫄 쫄 쫄,
육월 하늘이 동그라하다, 앞에는 퍼언한 벌,
아아, 사방이 우리나라라구나.
아아, 우통 벗기 좋다, 회파람 불기 좋다, 채칙이 돈
다, 돈다, 돈다, 돈다.
말아,
누가 났나? 늬를. 늬는 몰라.
말아,
누가 났나? 나를. 내도 몰라.
늬는 시골 듬에서
사람스런 숨소리를 숨기고 살고
내사 대처 한복판에서
말스런 숨소리를 숨기고 다 잘았다.
시골로나 대처로나 가나 오나

량친 몬 보아 스럽더라.

말아,

멩아리 소리 쩌르렁! 하게 울어라,

슬픈 놋방울소리 마춰 내 한마디 할라니.

해는 하늘 한복판, 금빛 해바라기가 돌아가고,

파랑콩 꽃다리 하늘대는 두둑 위로

머언 흰 바다가 치여드네.

말아,

가자, 가자니, 고대와 같은 나그넷길 떠나가자.

말은 간다.

까치가 따라온다.

# 바다 1

오• 오• 오• 오• 오• 소리치며 달려가니
오• 오• 오• 오• 오• 연달어서 몰아온다.

간밤에 잠 살포시
머언 뇌성이 울더니,

오늘 아침 바다는
포도빛으로 부풀어졌다.

철석, 처얼석, 철석, 처얼석, 철석,
제비 날어들 듯 물결 새이새이로 춤을 추어.

# 바다 2

한 백년 진흙 속에
숨었다 나온 듯이,

게처럼 옆으로
기여가 보노니,

머언 푸른 하늘 알로
가이없는 모래밭.

# 바다 3

외로운 마음이
한종일 두고

바다를 불러—

바다 우로
밤이
걸어온다.

# 바다 4

후주근한 물결 소리 등에 지고 홀로 돌아가노니
어데선지 그 누구 씨러저 울음 우는듯한 기척,

돌아서서 보니 먼 등대가 반짝반짝 깜박이고
갈메기 떼 끼루룩 끼루룩 비를 부르며 날어간다.

울음 우는 이는 등대도 아니고 갈메기도 아니고
어덴지 홀로 떠러진 이름 모를 스러움이 하나.

# 바다 5

바독돌은
내 손아귀에 만져지는 것이
퍽은 좋은가 보아.

그러나 나는
푸른 바다 한복판에 던졌지.

바독돌은
바다로 각구로 떠러지는 것이
퍽은 신기한가 보아.

당신도 인제는
나를 그만만 만지시고,
귀를 들어 팽개를 치십시요.

나라는 나도
바다로 각구로 떠러지는 것이,
퍽은 시원해요.

바독돌의 마음과
이내 심사는
아 아무도 모르지라요.

# 갈메기

돌아다보아야 언덕 하나 없다, 솔나무 하나 떠는 풀잎 하나 없다.
해는 하늘 한복판에 백금 도가니처럼 끓고, 똥그란 바다는 이제 팽이처럼 돌아간다.
갈메기야, 갈메기야, 늬는 고양이 소리를 하는구나.
고양이가 이런 데 살 리야 있나, 늬는 어데서 났니? 목이야 희기도 희다, 나래도 희다, 발톱이 깨끗하다, 뛰는 고기를 문다.
흰 물결이 치여들 때 푸른 물구비가 나려앉을 때,
갈메기야, 갈메기야 아는 듯 모르는 듯 늬는 생겨났지?
내사 검은 밤비가 섬돌 우에 울 때 호롱불 앞에 났다더라.
내사 어머니도 있다, 아버지도 있다, 그이들은 머리가 희시다.
나는 허리가 가는 청년이라, 내 홀로 사모한 이도

있다, 대추나무 꽃피는 동네다 두고 왔단다.
갈메기야, 갈메기야, 늬는 목으로 물결을 감는다,
발톱으로 민다.
물속을 든다, 솟는다, 떠돈다, 모로 날은다.
늬는 쌀을 아니 먹어도 사나? 내손이사 짓부푸러
졌다.
수평선 우에 구름이 이상하다, 돛폭에 바람이 이상
하다.
팔뚝을 끼고 눈을 감었다, 바다의 외로움이 검은 넥
타이처럼 맍어진다*.

* 만져지다.

# Ⅲ

# 해바라기 씨

해바라기 씨를 심자.
담모퉁이 참새 눈 숨기고
해바라기 씨를 심자.

누나가 손으로 다지고 나면
바둑이가 앞발로 다지고
괭이가 꼬리로 다진다.

우리가 눈감고 한밤 자고 나면
이실이 나려와 가치 자고 가고,

우리가 이웃에 간 동안에
햇빛이 입 마추고 가고,

해바라기는 첫 시악시인데
사흘이 지나도 부끄러워
고개를 아니 든다.

가만히 엿보러 왔다가
소리를 깩! 지르고 간 놈이—
오오, 사철나무 잎에 숨은
청개고리 고놈이다.

# 지는 해

우리 옵바 가신 곳은
해님 지는 서해 건너
멀리멀리 가셨다네.
웬일인가 저 하늘이
핏빛보담 무섭구나!
날리 났나. 불이 났나.

# 띄

하늘 우에 사는 사람
머리에다 띄를 띄고,

이 땅 우에 사는 사람
허리에다 띄를 띄고,

땅속 나라 사는 사람
발목에다 띄를 띄네.

# 산 넘어 저쪽

산 넘어 저쪽에는
누가 사나?

뻐꾹이 영우에서
한나잘 울음 운다.

산 넘어 저쪽에는
누가 사나?

철나무 치는 소리만
서로 맞어 쩌르렁!

산 넘어 저쪽에는
누가 사나?

늘 오던 바늘 장수도
이 봄 들며 아니 뵈네.

# 병

부헝이 울든 밤
누나의 이야기—

파랑 병을 깨치면
금시 파랑 바다.

빨강 병을 깨치면
금시 빨강 바다.

뻐꾹이 울든 날
누나 시집갔네—

파랑 병을 깨트려
하늘 혼자 보고.

빨강 병을 깨트려
하늘 혼자 보고.

# 홍시

어적게도 홍시 하나.
오늘에도 홍시 하나.

까마귀야. 까마귀야.
우리 남게 웨 앉었나.

우리 옵바 오시걸랑.
맛뵐라구 남겨 뒀다.

후락 딱 딱
훠이 훠이!

# 무서운 시계

옵바가 가시고 난 방 안에
숫불이 박꽃처럼 새워 간다.

산모루 돌아가는 차, 목이 쉬여
이밤사 말고 비가 오시랴나?

망토 자락을 녀미며 녀미며
검은 유리만 내여다보시겠지!

옵바가 가시고 나신 방 안에
시계 소리 서마서마 무서워.

# 삼월 삼질날

중, 중, 때때 중,
우리 애기 까까머리.

삼월 삼질날,
질나라비, 훨, 훨,
제비 새끼, 훨, 훨,

쑥 뜯어다가
개피떡 만들어.
호, 호, 잠들여 놓고
냥, 냥, 잘도 먹었다.

중, 중, 때때 중,
우리 애기 상제로 사갑소.

# 딸레

딸레와 쬐그만 아주머니,
앵도나무 밑에서
우리는 늘 셋 동무.

딸레는 잘못하다
눈이 멀어 나갔네.

눈먼 딸레 찾으러 갔다 오니,
쬐그만 아주머니마자
누가 다려갔네.

방울 혼자 흔들다
나는 싫여 울었다.

# 산소

서낭 산골 시오리 뒤로 두고

어린 누의 산소를 묻고 왔오.

해마다 봄바람 불어를 오면,

나드리 간 집새 찾어 가라고

남면히* 피는 꽃을 심고 왔오.

* 물끄러미.

# 종달새

삼동내—얼었다 나온 나를
종달새 지리 지리 지리리……

웨 저리 놀려 대누.

어머니 없이 자란 나를
종달새 지리 지리 지리리……

웨 저리 놀려 대누.

해바른 봄날 한종일 두고
모래톱에서 나 홀로 놀자.

# 할아버지

할아버지가
담뱃대를 물고
들에 나가시니,
궂은 날도
곱게 개이고,

할아버지가
도롱이를 입고
들에 나가시니,
가믄 날도
비가 오시네.

# 말

말아, 다락 같은 말아,
너는 즘잔도 하다마는
너는 웨 그리 슬퍼 뵈니?
말아, 사람 편인 말아,
검정콩 푸렁콩을 주마.

※

이 말은 누가 난 줄도 모르고
밤이면 먼 데 달을 보며 잔다.

# 산에서 온 새

새삼나무 싹이 튼 담 우에
산에서 온 새가 울음 운다.

산엣새는 파랑 치마 입고.
산엣새는 빨강 모자 쓰고.

눈에 아름아름 보고 지고.
발 벗고 간 누의 보고 지고.

따순 봄날 이른 아침부터
산에서 온 새가 울음 운다.

# 바람

바람.
바람.
바람.

늬는 내 귀가 좋으냐?
늬는 내 코가 좋으냐?
늬는 내 손이 좋으냐?

내사 왼통 빨개졌네.

내사 아므치도 않다.

호 호 칩어라 구보로!

# 별똥

별똥 떠러진 곳,

마음해 두었다

다음 날 가보려,

벼르다 벼르다

인젠 다 자랐오.

# 고향

고향에 고향에 돌아와도
그리던 고향은 아니러뇨.

산꽁이 알을 품고
뻐꾹이 제철에 울건만,

마음은 제 고향 진히지 않고
머언 항구로 떠도는 구름.

오늘도 메 끝에 홀로 오르니
흰 점 꽃이 인정스레 웃고,

어린 시절에 불던 풀피리 소리 아니 나고
메마른 입술에 쓰디쓰다.

고향에 고향에 돌아와도
그리던 하늘만이 높푸르구나.

# 기차

할머니
무엇이 그리 슬어 우십나?
울며 울며
녹아도*로 간다.

해여진 왜포 수건에
눈물이 함촉,
영! 눈에 어른거려
기대도 기대도
내 잠 못 들겠소.

내도 이가 아퍼서
고향 찾어 가오.

* 일본 규슈 지방의 지역. 가고시마.

배추꽃 노란 사월 바람을
기차는 간다고
악 물며 악물며 달린다.

# 무어래요

한길로만 오시다
한 고개 넘어 우리 집.
앞문으로 오시지는 말고
뒷동산 새잇길로 오십쇼.
늦인 봄날
복사꽃 연분홍 이슬비가 나리시거든
뒷동산 새잇길로 오십쇼.
바람 피해 오시는 이처럼 들레시면
누가 무어래요?

# 숨기내기

날 눈 감기고 숨으십쇼.
잣나무 알암나무 안고 돌으시면
나는 샅샅이 찾어보지요.

숨기내기 해종일 하며는
나는 슬어워진답니다.

슬어워지기 전에
파랑새 산양을 가지요.

떠나온 지 오랜 시골 다시 찾어
파랑새 산양을 가지요.

# 내 맘에 맞는 이

당신은 내 맘에 꼭 맞는 이.
잘난 남보다 조그만치만
어리둥절 어리석은 척
옛사람처럼 사람 좋게 웃어좀 보시요.
이리좀 돌고 저리좀 돌아 보시요.
코 쥐고 뺑뺑이 치다 절 한 번만 합쇼.

호.호.호.호. 내 맘에 꼭 맞는 이.

큰 말 타신 당신이
쌍무지개 홍예문 틀어 세운 벌로
내달리시면
나는 산날맹이* 잔디밭에 앉어
기(구령)를 부르지요.

* 산등성이.

「앞으로—가. 요.」

「뒤로—가. 요.」

키는 후리후리. 어깨는 산고개 같어요.

호.호.호.호. 내 맘에 맞는 이.

# 산엣 색씨 들녁 사내

산엣 새는 산으로,
들녁 새는 들로.
산엣 색씨 잡으러
산에 가세.

작은 재를 넘어서서,
큰 봉엘 올라서서,

「호—이」
「호—이」

산엣 색씨 날래기가
표범 같다.

치달려 다러나는
산엣 색씨,
활을 쏘아 잡었읍나?

아 아니다,
들녁 사내 잡은 손은
참아 못 놓더라.

산엣 색씨,
들녁 쌀을 먹였더니
산엣 말을 잊었읍데.

들녁 마당에
밤이 들어,

활활 타오르는 화투불 넘어로
넘어다보면—

들녁 사내 선우슴 소리,
산엣 색씨
얼골 와락 붉었더라.

# 비듥이

저 어는 새 떼가 저렇게 날러오나?
저 어는 새 떼가 저렇게 날러오나?

사월달 햇살이
물농오리* 치덧 하네.

하눌바래기 하눌만 치여다보다가
하마 자칫 잊을 번했던
사랑, 사랑이

비듥이 타고 오네요.
비듥이 타고 오네요.

* 너울. 바다의 사나운 물결.

# Ⅳ

# 불사조

비애! 너는 모양할 수도 없도다.
너는 나의 가장 안에서 살었도다.

너는 박힌 화살, 날지 안는 새,
나는 너의 슬픈 울음과 아픈 몸짓을 진히노라.

너를 돌려보낼 아모 이웃도 찾지 못하였노라.
은밀히 이르노니—'행복'이 너를 아조 싫여하더라.

너는 짐짓 나의 심장을 차지하였더뇨?
비애! 오오 나의 신부! 너를 위하야 나의 창과 우슴을 닫었노라.

이제 나의 청춘이 다한 어느 날 너는 죽었도다.
그러나 너를 묻은 아모 석문도 보지 못하였노라.

스사로 불탄 자리에서 나래를 펴는
오오 비애! 너의 불사조 나의 눈물이여!

# 은혜

회한도 또한
거룩한 은혜.

깁실인 듯 가느른 봄볕이
골에 굳은 얼음을 쪼기고,

바늘같이 쓰라림에
솟아 동그는 눈물!

귀밑에 아른거리는
요염한 지옥불을 끄다.

간곡한 한숨이 뉘게로 사모치느뇨?
질식한 영혼에 다시 사랑이 이실 나리도다.

회한에 나의 해골을 잠그고져.
아아 아프고져!

# 나무

얼골이 바로 푸른 한울을 울어렀기에
발이 항시 검은 흙을 향하기 욕되지 않도다.

곡식알이 거꾸로 떨어져도 싹은 반듯이 우로!
어느 모양으로 심기여졌더뇨? 이상스런 나무 나의
몸이여!

오오 알맞는 위치! 좋은 우아래!
아담의 슬픈 유산도 그대로 받었노라.

나의 적은 연륜으로 이스라엘의 이천 년을 헤였노라.
나의 존재는 우주의 한낱 초조한 오점이었도다.

목마른 사슴이 샘을 찾어 입을 잠그듯이
이제 그리스도의 못 박히신 발의 성혈에 이마를 적
시며—

오오! 신약의 태양을 한아름 안다.

# 별

누어서 보는 별 하나는
진정 멀—고나.

아스름 다치랴는 눈초리와
금실로 잇은 듯 가깝기도 하고,

잠 살포시 깨인 한밤엔
창유리에 붙어서 였보노나.

불현듯, 소사나듯,
불리울 듯, 맞어드릴 듯,

문득, 령혼 안에 외로운 불이
바람처럼 일는 회한에 피여오른다.

흰 자리옷 채로 일어나
가슴 우에 손을 넘이다.

# 그의 반

내 무엇이라 이름하리 그를?
나의 령혼 안의 고흔 불,
공손한 이마에 비추는 달,
나의 눈보다 갑진 이,
바다에서 솟아올라 나래 떠는 금성,
쪽빛 하늘에 흰 꽃을 달은 고산식물,
나의 가지에 머물지 않고
나의 나라에서도 멀다.
홀로 어여삐 스사로 한가러워—항상 머언 이,
나는 사랑을 모르노라 오로지 수그릴 뿐.
때 없이 가슴에 두 손이 염으여지며
구비구비 돌아 나간 시름의 황혼 길 우—
나—바다 이편에 남긴
그의 반임을 고히 진히고 것노라*.

* 지니고 걷노라.

# 임종

나의 임종하는 밤은
귀또리 하나도 울지 말라.

나종 죄를 들으신 신부는
거룩한 산파처럼 나의 영혼을 갈르시라.

성모 취결례 미사 때 쓰고 남은 황촉불!

담 머리에 숙인 해바라기꽃과 함께
다른 세상의 태양을 사모하며 돌으라.

영원한 나그넷길 노자로 오시는
성주 예수의 쓰신 원광!
나의 령혼에 칠색의 무지개를 심으시라.

나의 평생이오 나종인 괴롬!
사랑의 백금 도가니에 불이 되라.

달고 달으신 성모의 일홈 불으기에
나의 입술을 타게 하라.

# 갈릴레아 바다

나의 가슴은
조그만 '갈릴레아 바다'.

때 없이 설레는 파도는
미한 풍경을 이룰 수 없도다.

예전에 문제들은
잠자시는 주를 깨웠도다.

주를 다만 깨움으로
그들의 신덕은 복되도다.

돛폭은 다시 펴고
키는 방향을 찾었도다.

오늘도 나의 조그만 '갈릴레아'에서
주는 짐짓 잠자신 줄을—.

바람과 바다가 잠잠한 후에야
나의 탄식은 깨달었도다.

# 다른 한울

그의 모습이 눈에 보이지 않었으나
그의 안에서 나의 호흡이 절로 달도다.

물과 성신으로 다시 낳은 이후
나의 날은 날로 새로운 태양이로세!

뭇사람과 소란한 세대에서
그가 다맛 내게 하신 일을 진히리라!

미리 가지지 않었던 세상이어니
이제 새삼 기다리지 않으련다.

영혼은 불과 사랑으로! 육신은 한낮 괴로움.
보이는 한울은 나의 무덤을 덮을 뿐.

그의 옷자락이 나의 오관에 사모치지 안었으나
그의 그늘로 나의 다른 한울을 삼으리라.

# 또 하나 다른 태양

온 고을이 밧들 만한
장미 한 가지가 솟아난다 하기로
그래도 나는 고하 아니 하련다.

나는 나의 나히와 별과 바람에도 피로웁다.

이제 태양을 금시 일어버린다 하기로
그래도 그리 놀라울 리 없다.

실상 나는 또 하나 다른 태양으로 살었다.

사랑을 위하얀 입맛도 일는다.
외로운 사슴처럼 벙어리 되어 산길에 슬지라도—

오오, 나의 행복은 나의 성모 마리아!

# V

# 밤

우리 서재에는 좀 고전스런 양장 책이 있을 만치 보다는 더 많이 있다고—그렇게 여기시기를.

그리고 키를 꼭꼭 맞춰 줄을 지어 엄숙하게 들어 끼여있어 누구든지 끄내여 보기에 조심성스런 손을 몇 번식 드려다보도록 서재의 품위를 우리는 유지 합니다. 값진 도기는 곡 음식을 담어야 하나요? 마 찬가지로 귀한 책은 몸에 병을 진히듯이 암기하고 있어야 할 이유도 없습니다. 성화와 함께 멀리 떼 워놓고 생각만 하여도 좋고 엷은 황혼이 차차 짙어 갈 제 서적의 밀집부대 앞에 등을 향하고 고요히 앉 었기만 함도 교양의 심각한 표정이 됩니다. 나는 나 대로 좋은 생각을 마조 대할 때 폐이지 속에 문자 는 문자끼리 좋은 이야기를 잇어나가게 합니다. 숨 은 불빛이 얼키설키 듯이 빛나는 문자끼리의 이야 기…… 이 귀중한 인간의 유산을 금자로 포장하여 야 합니다.

레오 톨스토이(그 사람 말을 잡어 피를 마신 사람!)가 주름살 잡힌 인생관을 페이지 속에서 설교하거든 그러한 책은 잡초를 뽑아내듯 합니다.

책이 뽑히여 나온 부인 곳 그러한 곳은 그렇게 적막한 공동이 아닙니다. 가여운 계절의 다변자 귀또리 한 마리가 밤샐 자리로 주어도 좋읍니다.

우리의 교양에도 각금 이러한 문자가 뽑히어 나간 공동 안의 부인 하늘이 열리어야 합니다.

※

어느 겨를에 밤이 함폭 들어와 차지하고 있읍니다. '밤이 온다'—이러한 우리가 거리에서 쓰는 말로 이를지면 밤은 반드시 딴 곳에서 오는 손님이외다. 겸허한 그는 우리의 앉은 자리를 조금도 다치지 않고 소란치 않고 거룩한 신부의 옷자락 소리 없는 거름으로 옵니다. 그러나 큰독에 물과 같이 충실히 차고 넘칩니다. 그러나 어쩐지 적막한 손님이외다. 이야말로 거대한 문자가 뽑히여 나간 공동에 임하는 상장이외다.

나의 거름을 따르는 그림자를 볼 때 나의 비극을 생각합니다. 가늘고 긴 희랍적 슬픈 목아지에 팔구비를 감어봅니다. 밤은 지구를 따르는 비극이외다. 이 청징하고 무한한 밤의 목아지는 어드메쯤 되는지 아모도 안어본 이가 없습니다.

비극은 반드시 울어야 하지 않고 사연하거나 흐느껴야 하는 것이 아닙니다. 실로 비극은 묵합니다.

그러므로 밤은 울기 전의 울음의 향수요. 움지기기 전의 몸짓의 삼림이오. 입술을 열기 전 말의 풍부한 곳집이외다.

나는 나의 서재에서 이 묵극을 감격하기에 조금도 괴롭지 않습니다. 검은 잎새 밑에 오롯이 눌리우기

만 하면 그만이므로. 나의 영혼의 윤곽이 올뺌이 눈자위처럼 똥그래질 때입니다. 나무 끝 보금자리에 안긴 독수리의 흰 알도 무한한 명일을 향하야 신비론 생명을 옴치며 돌리며 합니다.

서령 반가운 그대의 붉은 손이 이 서재에 조화로운 고풍스런 람프 불을 보름달 만하게 안고 골방에서 옴겨올 때에도 밤은 그대 불의의 틈입자에게 조금도 황당하지 않습니다. 남과 사귈성이 찬란한 밤의 성격은 순간에 화원과 같은 얼굴을 바로 돌립니다.

# 람프

람프에 불을 밝혀 오시오 어쩐지 람프에 불을 보고 싶은 밤이외다.

하이한 갓이 연잎처럼 알로 숙으러지고 다칠세—끼여 세운 등피하며 가지가지 맨듬새가 모다 지금은 고풍스럽게 된 람프는 걸려 있는 이보다 앉인 모양이 좋읍니다.

람프는 두 손으로 바처 안고 오는 양이 아담합니다. 그대 얼골을 농담이 아조 강한 옴겨오는 회화로 감상할 수 있음이외다.—딴 말슴이오나 그대와 같은 미한성의 얼골에 순수한 회화를 재현함도 그리스도 교적 예술의 자유이외다.

그 흉칙하기가 송충이 같은 석유를 달어 올려 조히* 빛 보다도 고흔 불이 피는 양이 누에가 푸른 뽕을 먹어 고흔 비단을 낳음과 같은 좋은 교훈이외다.

흔히 먼 산모루를 도는 밤 기적이 목이 쉴 때 람

* '종이'의 방언.

프불은 적은 무리를 둘러쓰기도 합니다. 가련한 코스모스 우에 다음날 찬비가 뿌리리라고 합니다.

마을에서 늦게 돌아올 때 람프는 수고롭지 아니한 고요한 정열과 같이 자리를 옴기지 않고 있읍데다.

마을을 찾어 나가는 까닭은 막연한 향수에 끌리워 나감이나 돌아올 때는 가벼운 탄식을 지고 오는 것이 나의 일지이외다. 그러나 람프는 역시 누구 얼골에 향한 정열이 아닌 것을 보았읍니다.

다만 흰 조히 한 겹으로 이 큰 밤을 막고 있는 나의 보금자리에 람프는 매우 자신 있는 얼골이옵데다.

전등은 불의 조화이외다. 적어도 등불의 원시적 정열을 잊어버린 가설이외다. 그는 우로 치오르는 불의 혀모상이 없읍니다.

그야 이 심야에 태양과 같이 밝은 기공이 이제로 나오겠지요. 그러나 삼림에서 찍어온 듯 싱싱한 불꽃이 아니면 나의 성정은 그다지 반가울 리 없읍니다.

성정이란 반듯이 실용에만 기울어지는 것이 아닌 연고외다.

그러나 역시 부르는 소리외다.

람프를 주리고 내여다보면 눈자위도 분별키 어려운 검은 손님이 서있읍니다.

「누구를 찾으십니까?」

만일 검은 망또를 두른 촉루가 서서 부르더라고 하면 그대는 이러한 불길한 이야기는 기피하시리다.

덧문을 구지 닫으면서 나의 양식은 이렇게 해설하였읍니다.

—죽음을 보았다는 것은 한 착각이다—

그러나 '죽음'이란 벌서부터 나의 청각 안에서 자라는한 항구한 흑점이외다. 그리고 나의 반성의 정확한 위치에서 나려다 보면 람프 그늘에 채곡 접혀있는 나의 육체가 목이 심히 말러하며 기도라는 것이 반듯이 정신적인 것보다도 어떤 때는 순수히 미각적인 수도 있어서 쓰데쓰고도 달디단 이상한 입맛을 다십니다.

「천주의 성모마리아는 이제 와 우리 죽을 때에 우리 죄인을 위하야 비르소서 아멘」

그러므로 예전에 앗시시오 • 성프란시스코는 우로 오르는 종달새나 알로 흐르는 물까지라도 자매로 불러 사랑하였으나 그 중에도 불의 자매를 더욱 사랑하였읍니다. 그의 낡은 망또 자락에 옴겨 붙는 불꽃을 그는 사양치 않었읍니다. 비상히 사랑하는 사랑의 표상인 불에게 흔벼쪼각을 애끼기가 너무도 인색하다고 하였읍니다.

이것은 성인의 행적이라기보다도 그리스도 교적 Poesie의 출발이외다.

람프 그늘에서는 계절의 소란을 듣기가 좋읍니다. 먼 우뢰와 같이 부서지는 바다며 별같이 소란한 귀또리 울음이며 나무와 잎새가 떠는 계절의 전차가 달려옵니다.

창을 사납게 치는가 하면 저윽이 부르는 소리가 있읍니다. 귀를 간조롱 이하야 이 괴한 소리를 가리여 들으랍니다.

역시 부르는 소리외다. 람프불은 줄어지고 벽시계는 금시에 황당하게 중얼거립니다. 이상도하게 나의 몸은 마른 잎새같이 가벼워집니다.

창을 넘어다보나 등불에 익은 눈은 어둠 속을 분별키 어렵습니다.

# 정지용

1902~1953?

감각적인 이미지와 절제된 시어로 한국 현대시의 기틀을 마련한 시인 정지용은 1950년 충북 옥천에서 태어났다. 태몽으로 연못의 용이 하늘로 올라가는 꿈을 꾸어 아명을 '지룡池龍'이라 지었다. 12세 때 동갑인 송재숙과 결혼했으며 17세 때 서울로 올라와 휘문고등보통학교에 입학했다. 재학 중 박팔양 등과 동인지 『요람』을 발간하였으며 1919년 『서광』에 소설 『3인』을 발표했다. 1922년 휘문고보를 졸업한 뒤 시를 짓기 시작했으며 이듬해 휘문고보의 교비생으로 일본에 건너가 도시샤대학교에서 영문학을 공부했다. 1926년 유학생 잡지인 『학조』 창간호에 『카페 프란스』 등 9편의 시를 발표했다.

1929년 졸업한 정지용은 귀국하여 휘문고보 영어과에서 학생들을 가르치면서 시작을 계속했으며 1933년에는 순수문학을 지향하는 구인회를 결성하였다. 1935년 첫 시집 『정지용 시집』을 출간하였고 그 뒤 시와 평론, 기행문 등 다양한 글을 발표하며 1941년 두 번째 시집 『백록담』을 발간했다. 해방 이후에는 『경향신문』 편집주간을 지냈으며 이화여자전문학교에서 학생들을 가르치기도 했다. 1946년 시집 『지용시선』을 발간했다. 1948년 모든 공직에서 물러나 은거하다가 한국전쟁 당시 납북되어 1953년 평양에서 사망했다고 알려져 있다.

# 향수

한국 모더니즘 문학의 거장 정지용의 첫 번째 시집인 『정지용 시집』의 대표작 『향수』의 이름을 따른 시집이다. 정지용이 34세이던 1935년에 발표했던 시 87편과 산문 2편을 모아 책으로 펴냈다. 시문학사에서 출간되었으며 시문학사의 설립자인 시인 박용철이 발문을 적었다. 『향수』, 『유리창』 등 정지용의 대표작이 실려있다. 감정을 절제하면서도,우리말로 탁월한 이미지를 구현해낸 정지용 시의 특성을 오롯이 느낄 수 있다. 초기의 순수 서정시와 회화적인 시 외에도 『불사조』 등 종교적인 시들도 다수 수록돼 다채로운 작품 세계를 만나볼 수 있다.

향수

2017년 11월 13일 1판 1쇄 발행
2023년 8월 28일 1판 2쇄 발행
지 은 이 정지용
발 행 인 이상영
편 집 장 서상민
편 집 인 채지선, 한성옥
디 자 인 서상민, 오윤하
마 케 팅 이인주
펴 낸 곳 디자인이음
등 록 일 2009년 2월 4일:제300-2009-10호
주 소 서울시 종로구 효자동 62
전 화 02-723-2556
메 일 designeum@naver.com
blog.naver.com/designeum
instagram.com/design_eum